U0062208

危险的中年

作家出版社

朵渔

诗人，随笔作家。1973年出生于山东，1994年毕业于北京师范大学中文系，现居天津。曾获华语文学传媒大奖 · 年度诗人奖、柔刚诗歌奖、屈原诗歌奖、海子诗歌奖、天问诗人奖、单向街书店文学奖、《诗刊》《诗选刊》《星星》等刊物的年度诗人奖等。著有《史间道》《追蝴蝶》《最后的黑暗》《意义把我们弄烦了》《原乡的诗神》《生活在细节中》《我的呼愁》《我悲哀地望着我们这一代人》等诗集、评论集和文史随笔集多部。

在人生中途，迷失于一座幽暗的森林。

尚未在地狱前迷失的人生难叫人生。

——但丁《神曲》

目录

辑一　清白

辑二　危险的中年

辑三　仍然爱

辑四　小叙事诗 II

辑五　灰发证人（组诗节选）

I

Ⅱ

辑一

清白

清白

他在世上像棵不生根的树
他在人群里像半个隐身人
他也走路，但主要是漂浮
他活着，仿佛已逝去多年
但他的诗却越来越清澈了
像他早衰的头颅
在灯光下泛着清白的光晕。

我们曾坐在河边的酒吧闲聊
聊一个人的死被全世界纪念
聊侍奉自己的中年多么困难
不断升起的烟雾制造着话题
没有话题的时候就望望窗外
黑暗的运河在窗下日夜不息
沉默的拖轮像条大鱼一闪而过。

轨道

窗外下着雨，人行道上的女孩
头发湿漉漉的，不时侧过身来
在男孩的脸颊上轻轻吻一下
男孩背着包，双臂环抱，伸手
在女孩的屁股上捏一把
隔着玻璃的哈气，看不清外面
但有一种青春的快意洋溢其间
还有某种似曾相识的失落的残余
一些美好的东西并不一定拥有
一些美好的人也只是短暂相遇
唯有自身的罪过会跟随一生
自身的罪，以及一些难言的隐衷
隐秘如房间里不绝如缕的钟表声
嘀嗒，嘀嗒，嘀嗒，像一列火车
静静地数着轨道上的枕木。

一个人来过之后又走了

一个人来过之后又走了
他来得偶然，走得突然
而某种必然性又蕴含其中
总之，谁能说得清呢
当他来到我家，端起
那只杯子喝茶，搬来
那把椅子坐下，某种形象
已固定在世界中——
他不在了，但杯子还在
张着虚无怀抱的椅子还在
以及那个人形的空洞。

让我在生活的表面多待一会儿

天空的湖泊，风与树的友谊
兄弟般的争吵声渐起于厨房
远处，两只灰斑雀分享着晚餐
一个女人绕过她被拆毁的围墙
在一片葵花田边撩起裙子撒尿
美妙啊，大地承载着这一切
将这鲜活的内脏翻腾到表面
安静！一个声音在高处命令
数不清的嘴同时叫喊：安静！
美妙啊，这民主生活的安静
王制的喧哗，诗人的哑默。

出离

一阵小雨，室外的青石板被浇得透亮
借助昏暗的灯光，将一只入秋的蚊子
拍死在玻璃上，不错，细雨沙沙掩起了
多少麻烦事，感谢上帝赐我这一时之安
让我在那鼠尾草淡淡的苦味中出离肉体
想那面对雪山的修行者终将找到他的神
而平原上夜行的浪子也许会遇见他的鬼
我总不至于找不到你吧，只是需要经常
出离自我去寻找，明白了这一点，也就
明白了这屡次雨中出离的意义：我和你。

老诗人

他已须发皆白，老态龙钟
瘦弱，易激动，在家里像个霸王
但他又谦逊，大度，曾写过几首
好诗，江湖上有他一把交椅
不知不觉间，他的风格已经落伍
现在已是后生们的世界，他默默
待在书房，还写诗，但不再发表
还发言，但只是针对狗和老伴儿
老伴儿也早已拿他没办法
他承认自己的时代已经过去，但谁又
不会过时呢？过时的意思无非是
时过，境迁，人未变，而已
他的确没什么变化，依然爱诗，爱酒，爱
女人，说到激动时，会突然伸出手去
往空气里抓一把，像枯瘦的龙爪
然后是一阵剧烈的咳嗽。

日常之欢

三月过后，挨过严冬的麻雀们
又开始在窗外的杏树上叽叽喳喳
我有时对它们的喧闹心存感激
感激它们为我演示一种日常之欢
新树叶好，菜青虫好，尾羽蓬松的
母麻雀好！洒在窗台上的谷粒
闪烁着无名的善。天啊，我这是怎么啦
我时常听到风刮过屋顶时像列阵的步兵
洒满阳光的床单下暗藏着铁器……

善哉

那攀上高枝的蝉
将旧壳留在枝干上，这很有趣
仿佛它们不曾是一个人，对吧，这很有趣
到底是新生还是死亡？也许只是一次轮回
一个旧我被清空了，死亡徒有其表。
人生其实就生在这死里。并相信这是善的。

鸟儿们是自由的吧

鸟儿们是自由的吧？我看到它们
在风中翻飞，在花丛和树冠里穿梭
我看到它们筑巢于房檐、塔尖、枝柯
我看到它们求偶、交配、养育后代
上帝给了它们翅膀，就没给它们双手
给了它们尖喙，就没给它们牙齿
给了它们利爪，就没给它们双腿
给了它们歌喉——但上帝也给了我们
为什么每次听它们唱歌时，我却想哭？

人是怎么回事

一条蚕，吃饱了，吐丝将自己
裹起来，等待着化蛹，蝶变

一棵树，开花，结实，然后死去
但它留下了种子、根，生命继续

但人是怎么回事？从出生到入死
生命像一支箭矢，射进微茫里。

稀薄

自由，以及自由所允诺的东西，在将生命
腾空，如一只死鸟翅膀下夹带的风

宁静，又非内心的宁静。一个虚无的小人
一直在耳边叫喊，宁静拥有自己的长舌妇

一朵野花，从没要求过阳光雨露，它也开了
一只蜘蛛，守着一张尺蠖之网，也就是一生

我渐渐爱上了这反射着大海的闪光的一碗
稀粥，稀薄也是一种教育啊，它让我知足

自由在冒险中。爱在丰饶里。人生在稀薄中。
一种真实的喜悦，类似于在梦中痛哭。

损益

不知不觉的，像是一种荒废
如此来到人生的高处
不可能再高了
一种真实的改变已经发生
不是由时间所带来的
衰老或者流逝
而是在生命中的自然损益
接下来，要准备一种
临渊的快感了——
死亡微笑着望着你，那么有把握
需要重新发明一种死亡
以对应这单线条的人生。

致友人

不要去寻求读者。抛弃他们。
不要渴望理解。理解是死亡之一种。
写下的，不要让第二个人知晓，除非死者。
听到赞美声，赶紧捂上耳朵。

不要为荣誉写作，它们不配。
不要为监狱写作，监狱已人满为患。
当你听到揶揄和嘲弄，那就对了
你的冒犯得到了报应。

诗会飞，但不在天上
诗会游，但不在水里
诗会哭，是上帝赐给它雨水
诗会笑，是神灵赐给它嘴巴

为晾衣绳上的水滴写作吧
为 G 弦上的颤抖和满盈
为小女孩的眼睛写作吧
为温柔的地衣和婆婆丁

假如你曾留下了一些什么
那必定留在了死者的心里。

世界的本质在于解释

世界的本质在于解释。想想看，如果
耶稣不曾存在，如果叔本华、尼采
不曾存在，或者一些新词未被命名
世界是否会有所不同？痛苦
也是一种解释，包括死亡的阵痛
你看到电视上在播放一则车祸的
消息，春游的大巴侧翻，死伤
几十名小学生，紧接着就是搜寻
失联客机的消息，今天的消息依然是
没有消息。多么可悲的世界，你顺手
关掉电视，世界瞬间恢复如旧，窗外
阳光灿烂，车水马龙，一切运转正常
你端起一碗新鲜的草莓，往嘴里轻轻
扔了一颗，第二颗，你试图咽下去
却噎出了一脸泪水。

在这里

在这里，一个摔倒的老人被认为是一种欺骗
一个路过的好人被要求自证清白

在这里，金钱通常是一种可疑的东西
一把无冤无仇的刀架在脖子上你避之不及

在这里，说声谢谢换来的可能是鄙夷
将婴儿举过头顶的力量可能来自一股怒气

在这里，谁生了几个孩子她自己心里有数
但最终饿死了几个她几乎一无所知

在这里，数学老师通常用检查作业的方式
检查女生的身体，臀部尚不及格，胸部为零

在这里，为爱情办假证的骗子几乎骗过了所有人
那上过当的女人总是请求再上一当——而同样是

在这里，一个摔倒的老人为寻求帮助重摔了一次
一把菜刀为自证清白主动躲到了厨房里

在这里，金钱与法律无冤无仇，鲜花有罪
生理卫生只是一门中年选修课，少女有罪

在这里，爱情通常被放在物质的天平上
饥饿的人群四处打听：请问，哪里有草吃？

在这里，那由于贪婪而得到的，终将由于贪婪而失去
今天的哀伤若不真实，最后的审判也不可信。

宿命的节日

总感觉有一种异样的东西在靠近，其实
又没有什么不同。扭暗台灯，夜的瞳孔
放大，听卡拉扬的《英雄》与《悲怆》
一只蜥蜴从黑暗中探出头来
一股莫名的悲哀随音乐涌起——
不可能更可悲了，这人生，每到
这个季节，那履带碾过尸体的声音
总是随风而至，这么多年过去了
这幻听的毛病始终未愈，宿命啊
我们在期待中迎来的每一次失望
都在磨损着我们的意志
当我试图用爱来装扮这个世界时
总有角落里的哭声在低声抗议。

我时常责备自己

我时常责备自己。这么多年，一直
颗粒无收地待在家里，读书，写字
没撒下过一粒种子，耕种过一分田
而此刻，母亲正在家中收割麦子
这么多年，她一直没有离开过土地
该感谢谁呢，她虽辛苦却也身心康健
该感谢谁呢，她耕种了一生的土地
至今没有主人。我也是一个无地的人
只有几本书，一支笔，像母亲那样
一把锄，一张犁，也不让人生荒芜
该感谢谁呢，让鹰有食，鸟有食
也会让歉于收成的诗人有食吃
我不知道从现在开始责备自己
是否还来得及？你已经四十岁了
该回到一种真实无邪的生活里去了
现在，你写下的每一个句子都是
诚实的吗？要诚实。更要仁慈。
想想当年，一棵榆树救活了多少人
去哭吧，不用担心痛苦会变甜
掩耳，也不必担心哭声传太远。

致毛子

一些人体内有杨柳，另一些有
刺槐，有石化的骨殖，不必强求

约伯说，我看到恶人发旺，他们的
孩子欢然奔路，享尽高寿而亡

将雷埋在诗里，不如在她唇上种花
伸手不见五指的时代，五指仍在

让美丽的少女去解放全人类吧
让沉醉的酒鬼去虚度光辉岁月

当少女们变成婊子的那一刻
我也正从少年变成一个恶棍

收敛自身的光，爱不及物的爱
在我们自己身上，克服这个时代[①]

---

① 尼采语句。

绝望之为虚妄，正与希望相同

撒下一粒种子，抽出一颗穗来
必要的前提在于那种自我湮灭

雨落在沙上，变作沙的一部分
光落在暗中，却没被黑暗吞噬

爱情通常不是结束在通往法院
的路上，而是在无神论的厨房

黑暗对夜的无知就像我们自己
对自己，一个黑暗肉体的居民

相信清风和统治是一对好邻居
爱邻舍，这是我们浪漫的开端

收获

为了一朵花，我杀死了虫子
在某种意义上，我是不仁的
但那朵花赞美了我

为了一个小贩，我谴责了那税吏
在某种意义上，我纯属多管闲事
但那小贩喜悦了我

不砍掉这棵树，我们就没有炉火
不割掉这片麦，我们就没有食物
不杀掉这头羊，我们就没有祭祀

凡喜悦和赞美皆是一种施予
死亡和罪过才是真实的收获。

无中生有

一粒种子撒进土里，结出一颗穗来
一朵花接待完蜜蜂和蝴蝶，结出一颗果来
一只羔羊在河边啃青草，它吃呀吃呀，最后
被带上我们的餐桌

她在晚餐前双手合扣，双目微闭，口中念道：
感谢主赐下的阳光和雨露，使地上产出丰美的食物
也求你为我们洁净这食物，阿门！
我突然理解了这无中生有。

在异乡

突然从一个很深的梦里
醒来，有些恍惚，一时记不起
这是在哪里，梦里的女孩
还睡在身旁，刚刚，他们做过爱
他还记得她高潮时的喊叫
那么痛苦，压抑，扭曲而绵长
他有些抑郁，不知是否该将她打发走
他依然清晰记得那晚，她在浴室里
仰着脸，向他撒谎的样子
那样可爱、无辜又邪恶
而他假装一切都信了
窗外的清雪车唱着单调的曲子
一辆救护车呼啸而过
意识到雪还在下，雾中的树
变得臃肿而妖娆，他知道
过分拥有其实是一种丧失
而他苦寻的东西却还没有来到
还有两天的行程。在异乡。

只有在众人沉睡时

只有在众人沉睡时，夜鸟才会归林
只有在众人沉睡时，河流才哗哗流淌
只有在众人沉睡时，大地才轻轻翻身
只有在众人沉睡时，巨兽才开始打鼾

此刻，北方的大城熄灭了全部的灯火
所有的喧嚣汇成了夜虫的合鸣
雾霭虽未散尽，星空就要乍现
那上古的国在这一刻突然降临

这世界怎么啦

是谁将羊群赶到白云上吃草
是谁将马群赶到大海里饮水
失去土地的农夫在屋顶上栽种土豆
权柄在握的官吏在鼠洞里点数金钱

行乞者啊，不要去富人的门前乞讨
冤屈者啊，不要到衙役的门口喊冤

世界，请安静一下，听听
这只狂躁的蝉有什么冤情
它从早晨一直叫到了晚上

家

两个人建造家园，一砖一瓦，一桌一椅
两个人住在里面，一天一夜，一生一世
两个人偶然的相遇，相爱并相依
两个毫无关系的人，被命运拴在一起

两个人吃饭、做爱、争吵又和好
两个人时而变作一个，最终成为三人
三个人必然的相遇，相爱并相依
三个发生关系的人，被命运拴在一起

我歌颂穷人的酒杯

我歌颂穷人的酒杯，用黄土、红土
黑土抟成，盛米酒、黄酒、高粱酒
宴大舅、二舅、姑父、姨夫、表叔
杀鸡、挖笋、抓鱼、蒸馍、煮肉
过午始饮，酒过三巡，开始商议
表姐的婚事、姑妈的病、二舅的腰
日近黄昏，大舅已醉，套上马车
发动摩托、登上三轮，众人散去
星光、大地，安谧的乡村，榆木桌上
散落着鱼骨、猪耳、鸡头、羊尾
几只酒杯歪斜着，那么热烈、谦卑。

脏水

他喝茶的时候，她正在将厨房的门关闭
看看天色已晚，又将晾晒的衣服收进去
当经过他身旁时，她看了看茶壶，是满的
她的心也是满的。她那么依赖他，而他
却那么无赖，她像一个稍有不忍便会
失声痛哭的人，你能从她的嘴角感受到
那种无力。有时她也想将生活像脏水
那样泼出去，泼出去，但想要再收回来
可就难了，毕竟，生活还需要这盆脏水。

安慰

每当我充满过失、涣散、疲倦而失神地
回到家中，需要一个无用的基础时
她就将臀部轻轻翘起，像一座铁砧
让我在上面锻打一枚枚钉子
用这些钉子，我将周围的空气钉紧
而有时，她也需要一场暴力的安慰
就像一块烧红的铁插入水中
她愿作那盆水。

寄意

有时我通过落在阳台上的雪
来爱这个世界，有时通过象眼里的光
通过一个女人来爱，这还是第一次
那一天夜里，我直到很晚才走下火车
徒步穿过郊区的旷野，村庄像一座孤坟
我听到月光落在瓦屋顶上，像清晨
新雪铺设的舞台，只为你我所准备
当它们升入空中，成为我们共同的呼吸
那一刻，在穿过你身体的那股暖流中
有一点是我温情的汇入而你并不知晓。

人间的声音

小巷里的灯光在黄昏时亮起
冒着雪归来的人们打开家门

只有回到家里，才算回到自己
只有回到厨房，才算回到婚姻

此刻，降雪的声音是天上的声音
做爱打孩子的声音是人间的声音

此刻，最动听的是小教堂的钟声
最婉转的是童年的树袋鸟的鸣叫

有一种声音，胜于世上任何鸟鸣
那是她在卫生间嗞嗞小便的声音

晚风

老来多健忘，唯不忘相思。

——白居易《偶作寄朗之》

黄昏的房间里迎来雪的反光
新雪，在一杯浓茶里接近尾声
他时常想起他们第一次做爱时
她浅栗色头发上所闪现的光
那是自她身上发出的自然光
充满雪的清新，和性的微温
他以为那只是开始，但那是
开始的一部分，也是结尾的
一部分。“没有什么是完美的
没有什么……”他嗫嚅着起身
朝雪中的麻雀撒出一把谷粒
晚风中飘来一串低音 C
在一副衰败的耳朵中完美地奏响。

晚来意气

初夏的雨下了一天，空气湿漉漉的
如同你的手在我的记忆里变凉

刚刚离巢的燕子站在玉兰树上鸣叫
它的同伴们此时在微雨中游戏

我能够想象的天堂大概就是这样了
花香，雨声，女主人就在身旁

还有一小片天井，无人闯入
无人敲门，恰如雄心那么大。

G 弦上的咏叹调

那是我第一次听巴赫
骑着单车，穿过北京
初冬的薄雾，从医院
赶往学校的路上
G 弦上的咏叹调
像一幅高贵的丝绒
突然蒙住我的眼睛
我的女友正躺在医院里
因为我而感染了一种病
那时我怯懦，贫穷，无力
但爱情成为我的救命稻草
如同上帝只给了我一根 G 弦
用它，我弹奏出人生的盛年

辑二

危险的中年

危险的中年

感觉侍奉自己越来越困难
梦中的父亲在我身上渐渐复活
有时候管不住自己的沉沦
更多时候管不住自己的骄傲
依靠爱情，保持对这个世界的
新鲜感，革命在将我鞭策成非人
前程像一辆自行车，骑在我身上
如果没有另一个我对自己严加斥责
不知会干出多少出格的事来
尽量保持黎明前的风度
假意的客人在为我点烟
一个坏人总自称是我的朋友
我也拿他没办法……多么堂皇的
虚无，悄悄来到一个人的中年
“啊，我的上帝，我上无
片瓦，雨水直扑我的眼睛。”[①]

---

① 引自里尔克《马尔特手记》。

论我们现在的状况

是这样：有人仅余残喘，有人输掉青春。
道理太多，我们常被自己问得哑口无言。

将词献祭给斧头，让它锻打成一排排钉子。
或在我们闪耀着耻辱的瞳孔里，黑暗繁殖。

末日，没有末日，因为压根儿就没有审判。
世界是一个矢量，时间驾着我们去远方。

自由，也没有自由，绳子兴奋地寻找着一颗颗
可以系牢的头，柏油路面耸起如一只兽的肩胛。

爱只是一个偶念，如谄媚者门牙上的闪光。
再没有故乡可埋人，多好，我们死在空气里。

赞美

“幸福是一种谋得。”读完这一句
我来到阳台上，并假装思考片刻。
在我思考之际，一只蝴蝶翩然飞过
这些完美的事物并不为我而存在
我只是借浮生一刻享用它们的荣光

世间一切均是恩赐，你说声谢谢了吗？
要说谢谢，在世间的每一个角落
在垂泪的肩头和欢笑的刘海，在偶遇的
街头和遗世的塔尖，都要说声谢谢——
谢谢这种短暂的相处，谢谢这种共和

谢谢。但丁和他的导师归来后如是说。
谢谢。尼采在他最后的十年里如是说。
谢谢。一片银杏树叶如此感激那道光。
谢谢。你上扬的嘴角如此回应我的爱。

囚禁

——给德安

一排牢房一样的红砖建筑，一扇
很小的窗，开在房子的高处
只能看见风，房檐下的鸟，和
床单一样的云。我的朋友住在
三角铁搭起的简陋空间里，一张床
一把椅，一台连接世界的电脑
栏杆上挂着他的雨衣。

必须为自己建造一所朝向内心的
牢房了，他一边泡茶，一边感叹
外部的世界早已溃不成军
是啊，为自己的身体寻找一所
牢房，这很不错，适合孤单的劳作
顺便发呆、绝望，并在绝望中
悄悄自我修复。

两个人就这样坐在一张老旧的
沙发上，沉默着，烟灰里腾起一缕
白雾，一种难言的安详，一扇门
朝向夏天的草地，青草被阳光
依次点亮，多么动人的绿啊
朋友将它涂在画布上。

荣耀

——赠小玲

他召集众人修一座向下的通天塔
有一天，国王的人马踏平了它

他想为鸟儿重找一种飞翔的方式
他想为鱼儿重建一条呼吸的通道

他将道路修在空中，国王派来一阵风
他将道路建在水上，国王派来几头鲸

终于，他没力气再修，但在内心深处
他为自己修建了一座不可摧毁的道路

他失去的，正是他所得的
他失败的，正是他荣耀的

不要飞得太高了

——怀念荡子

我们生在晦暗启明的时刻
黑夜的主人在大宴宾客

政治的理发师为我们围上披风
手中的剃刀在我们的梦里游走

还好我们有诗的眷顾，每天坐在
家里写诗，竟然也没有被饿死

那就让诗歌继续带我们上升吧
让我们离开这灰头土脸的世界

不要飞得太高了，请以天空为界
不要坠得太低了，请以大地为限

只有诗让我们生，只有诗让我们死
只有诗有权取消生与死的界限

黄昏的宴席依然在喧嚣不止
那赴宴的人早已在中途离开

梦想王冠的人已得到他理想的棺木
勇于赴死的人终将第一个归来。

青烟

——纪念陈超

告别的队伍在缓缓移动
空气中不时飘来银色的碎屑
大家排着队，小声地谈论着
关于他的某次谋面，某个征兆
多么开朗的人啊，对每个人都
笑脸以迎，仿佛生活的诸般美好
还可以兑换多年好时光
我们都忽略了，当他一个人
回到屋檐下，去面对生活的内脏
那种绝望所积聚起的力量……
如果生得足够痛苦，死就会
变得容易。上帝啊，那飞翔的
姿势太美，不忍看。也许因为
只能死一次，所以要死得精彩
每个人离开，我们都祝祷他
得永生，因我们活着
还要靠亡灵们的祝福
它就静静地躺在那儿
像遗留在人世的一件行李
已与他无关……而我至今
记得，在一次闲聊的间歇

他将香烟从嘴里轻轻吐出来
再用鼻孔吸进去，在体内
游走一圈之后，那股浓烟
已化作一缕青烟。

输赢

——给伟廷

球赛散场之后，我和朋友
要去附近的酒吧喝一杯
以消除刚刚输球的郁闷
怎么说呢，输赢乃人生常态
怎样的输都要试着去接受
就像你曾欢欣地去接受赢
只是这场球输得让人格外
郁闷，就像人生被偷袭了一样
秋夜，微凉，鲜榨啤酒和两三份
海鲜，很好地挽救了这个夜晚
其间，我们还谈起了男人和女人
男人的龌龊幼稚和女人的坚韧高贵
那同桌的女孩让我们谈兴甚佳
我们还谈起生和死，爱情和婚姻
以及快要喘不过气来的事业
说来说去，不过是不想将一生荒废
想想，鸟雀们荒废过它们的一生吗
它们每天就那样唱歌、跳舞、飞翔
一只蝉又是如何荒废一生的？
“晚饮于广和居，颇醉。”
树人先生曾荒废过两日

"天热不能作事，打牌消遣。"
适之先生也曾荒废过半年
秋风起，又一场痛苦的轮回
没有一片树叶是为你我落下
啊，怎样的爱情在煮沸的肉汤中
什么样的输赢在人生的棋盘上
我们端起酒杯，一饮而尽
泡沫随着杯壁泛起，又落下

黑

他们把你带走了……再一次
你求仁得仁。我将台灯扭暗
双手环抱，一种衣不蔽体的冷
窗外的灯火依然灿烂，幸福
在每家的厨房里任意烹调
这又是何苦呢，他们不需要
你的爱，有时这爱还会被他们
调制成一道深夜的开胃餐。
但谁不曾在黑暗中谛听走失者
的足音，谁就不会在黎明归来。
写作，也是如此吧，躲开一切
荣誉，甚至躲开你命定的读者
向一个人孤绝的幽暗处开挖
要知道黑暗中不只有恨，有时爱
也委身在低微晦暗之中
那弱小的闪光，构成黑暗的心
以使黑更黑。

他的诗里没有爱

他的诗里没有爱，我是说
那种湿润、清洁，像叶子在阳光下
透明的爱，但有恨，有大段的枯枝
大片的湖水、荒草和盐碱地
有白头翁的鸣叫，有老妪干瘪的阴户
有冒着黑烟的乡村拖拉机，但就是没有爱
当他的女友敲响他的小院门，他正从
一段关于爱的概念上抬起头来——
他没有爱，但偶尔会做。

绝地天通

坐在半轮新月
古老的光辉里，想着
孔夫子、佛陀、苏格拉底和摩西
几乎同时解决了人与神的
关系，就觉得眼下那点事
实在算不上什么。而如果
在缤纷的大地上，接受不到
降下的罪，就不可能
将体内那根必死的琴弦
奏响。

困惑中或有真意

写，在人生的全部闲暇中，然后承认
写本身即是一种闲暇：虚无于虚无中

我写诗还是诗写我？词语搬着我的脚
来到这无人之地，也许并非我的初衷

我甚至无力推动自己让自己换种姿势
我只能师从清风隐身让树冠替我显形

我是不幸的，当我坐在书桌前，并且
写着："我是不幸的"，这怎么可能？[①]

诗什么也不是。但什么也不是又是什么？
为绊自己一跤，我在诗里放了一块石头。

---

① 莫里斯·布朗肖的难题。

通过一次伟大的胜利

“你见到过上帝吗，贞德？”“见过。”
“上帝允诺你出狱了吗？”“是的。”
“那他允诺你在什么时候出狱？”
“……通过一次伟大的胜利。”

“其实我从没见过上帝，哥们，”他
对我说，“但有那么一两次，在狱中
我确信我听到了上帝的声音……”他
眼角上有泪，但努力不让它流下来。

在回家的路上，他扭头看着监狱铁门
像在回望一座教堂。还会有希望吗？
会的，这条路很容易，只要你艰难地
下定决心……并通过一次伟大的胜利。

惊讶

有时，我会因为过于骄傲
而将自己视同于一片雪花
我见过云上的世界，那是
一种透明而深邃的蓝
我曾向一个人讲述关于灵魂
不朽的理念，也就是追述你：
想想看，如果死就是终结
那么生还有什么意义？
他说他明白，其实不是的
如果他没有感到惊讶，那就
还不是。就像我不曾惊讶于
一片雪花。

渐离

那是他们的渐离期，彼此内心
都清楚，他们离分手不远了
但依然卖力地做爱，一个在
另一个的身上痛苦地挖掘
或相互靠在一起抽烟，谈论
与爱毫不相干的话题
爱是不断再生的事物吗？他们
尽量不触及未来和现实，只是
把性器展现在彼此的眼前
看着它们闭合、枯萎、疲软
他们内心都明白，一个结尾
已缓缓展开在他们眼前，就像
每一次高潮过后，那悠长而又
令人厌倦的恢复期，那是肉欲
无法填充的空间，一个爱的
形而上学，用来将彼此分离。

女人到底是怎么回事

一个少女身上有几种气味?
哪一种是你最喜欢的?

我们都以为她不愿意与他
做爱，但那插入之后的喊叫
又是怎么回事?

当她说“不”的时候，哪一个“不”
才是可以当真的?

当她哭泣时，哪一滴眼泪是
欢快的，哪一滴又是悲伤的?

贫穷会让一个女孩子的乳房
变得更圆润吗?

剥开一枚橘子——在一个少女
面前，每一个动词都是色情的。

不敢想象，弗吉尼亚·伍尔夫女史
在沙龙的现场放了一个响屁。

当她裸着身子在厨房里忙碌时
你是欣赏她的美，还是她的厨艺？

因为心情的关系，她为今晚的月亮
打了九十分。

同样因为太过委屈，她要照着镜子
哭给自己看。

你觉得幸福，那是因为她一直在用
她腐朽的那一半在爱你。

你们背地里骂她骚×，贱货，但她
知道，她很可爱，有一对肥厚的唇。

她说：女人的身体其实都是一样的。
都是一样的吗？每朵花也是一样的咯？

尽量站在树的角度去理解一棵树
但无法站在女人的角度去理解女人。

致敬聂鲁达《疑问集》

世上有没有一个偏执的人
来数一数这棵树上的叶子？

一个人和一条蛇的安全距离
到底是多少？和一头豹呢？

一个人需要原谅多少事
才能拥有一个平和的晚年？

在没开花之前，荆棘和玫瑰
是否可以称兄道弟？

雨伞都是心甘情愿的吗？
虽然你一直抬举着它们。

一只蚌是如何评价
一颗珍珠的？

是新大陆在等待哥伦布，还是
哥伦布发现了新大陆？

楚国的鬼，会不会到鲁国来
重新做人？

列宁同志和毛在另一个世界
会成为朋友吗？

我死的时候我自己会知道吗？
也就是说，如何确知“我死了”？

如果一年只有三个月，我们就可以
长命百岁了。

秘密

“因为掩盖的事没有不露的
隐藏的事没有不被人知道的”[1]
真的是这样吗，我的上帝？
那又该如何来解释此刻那个
躺在马路上的人，当他下班
骑着车回家，车筐里还放着
刚买的活鱼，就被一场车祸
夺去了生命，他着意掩盖和
隐藏的那些秘密，也许只有
您知道了吧？您是世上的光
而我们的爱却存在于阴影里。

---

① 《新约》马太福音 10：26。

《斐多》

苏格拉底决定去死
他已用逻辑论证了
死后必有灵魂的存在
既然死去的只是一副
躯壳，既然死亡不过是
自己给自己的一次机遇
苏格拉底决定从容喝下
那杯人间精华
他已用逻辑说服了自我
至于这必死的逻辑
又在他身后争论了多少年
他已无暇顾及
在等待毒药的间隙
他正用长笛练习一支乐曲
他知道会有些蠢蛋过来问他
你就要死了，练这还有何用？
他们都以为诸事皆有目的
他们都以为死亡就是终曲

沉入

暗夜里一轮弯月，以及
被凛冽擦亮的星群、星座
大地上，寒风簇拥着村舍
点点灯光透过窗户，呼应着
天上的秩序。我夹在两者
之间，一种不上不下的悬虚
活着不应该迎向那道光吗?
该如何沉入这种地久天长?
这些天来，每当夜晚来临
总觉得身后有某种东西
尾随而至，因迎向那光
我已被一个影子跟踪多年
既非恐惧，也不是听候召唤
而是一种狐疑，来自黑暗中
无由滋生的不确然
而当晨光熹微，一种蓝光
穿过光秃秃的树枝，不带
任何暗示地，充盈我的眼睛
一种重生的气息仿如复活
想想，如果这一生的归宿

只有一个，那又何言恐惧？
要有光，只要有光，然后
放心地沉入这黑暗里。

辑三

仍然爱

厌弃：致里尔克

你爱过她，并且还爱着她
但这婆娘一直在惹你生气
你睡过她，并且从她身上
睡出了一片海，几乎还是个
少女，但厌弃感从不曾离去
爱是上帝从孤独中伸出的
一根稻草，只有薄情的天才
才能将这根稻草抓在手里
就像抓住闪电的尾巴
只有冷血的深情，才能离开
这些天使和尤物，婆娘和少女
她来了，像一头鹿在等待猎手
鹿眼里满是清纯和无辜
一个声音却在催促你离去
像大雪远赴群峰之巅——
你走后，闪电渐渐消逝于田野
黑暗如雨水一样被摊平了

去教堂：致R.S. 托马斯

我曾带一个女孩去教堂，你知道
我们的教堂里没有上帝
但爱在我们心间，希望神
能为我们的爱情做个见证
我曾以为爱就像一滴水融入
一场暴雨，在忘我与迷失中永存
不，不是的，神对我们的爱情
视而不见，因我们都只爱一个人
并希望被爱得更多，然而她
一个虔信的教徒，却一心
爱着我，既没有告诉神，也没有
告诉过任何人，包括她丈夫。

在期待中

——里尔克在慕佐

塞尚在他生命的最后
三十年，一头扎进工作里
他清楚，任何一点俗世的羁绊
都可能毁掉一个天才的一生
他甚至没有出席母亲的葬礼
以免失去一个工作日

而瓦雷里却有毅力将一段
长达二十五年的沉默插入
他最初的荣誉和最后的成就
之间，这其间，他研究数学
做庸碌的公务员，以便练就
一种静息般的克制

就这样，我也来到这里
在期待中领受孤寂的教益
神恩不降，孤寂便没价值
天使不来，记忆中的情人
也没有意义，和那些同样
不具意义的玫瑰在一起……

仍然爱：致卡夫卡

你们爱着这个天才，并希望
将他从黑夜的写字台边拉开
而这个人已经死了
死在了他独自经营的洞穴里
可你们仍然爱着他
仍然这个词真好
如荷尔德林所言
这样爱过的人，其道路
必然通向诸神。

静静的灰尘：致卡佛

她转过身去，羞涩地除掉最后一件
内衣，从一面镜子里他瞥见
她用手悄悄托了一下，那是一对
刚刚生育过的乳房，不陈旧但也
算不上新鲜。没有足够的自信，这他
看得出，因此尽量不去直视她的肉休
他在她身上慢慢地舔舐，像一头驼
在沙漠上静静地吃盐。当舌尖上那一点
滚烫的蜜，滴落在她的缝隙，她轻叹着
开始改口叫亲爱的。当他从她身上滑落
突然觉得她如此的陌生……她向他诉说
家庭的不幸，诉说丈夫已不再与她做爱。
没有十全十美的婚姻，他如此安慰着她
并悄悄地从她身下抽出已经发麻的手臂。
他们就那样静静地躺着，假装还能爱
一缕光线穿过窗缝，照见空气里腾起的
灰尘，也是那样，静静的。

床头灯：致加缪

在旅馆的床上。我曾以为它是我们
可以依赖的某物，最终会接纳我们
但是没有。无论在空虚中升起的烟雾
汗水、泪水和精液，都没有被收容
那一晚我们在一家旅馆的床上，本想
演绎一场华丽的欢爱，但是我们搞砸了
你不停地要，我不停地给，你的空虚之处
正是我的满溢之地，我们都以为插入之后
一种希望就会重新升起，但是没有。
你的眼睛在黑暗中越睁越大，最终成为
一条黑暗的通道，我像在一片虚无的海上
独自漂浮的老渔夫，失败来得如此迅速
来不及收拾残局……你礼貌地送我下楼
我挥挥手，你在我身后打开了床头灯。

初夏：致加里·斯奈德

木棉盛开如裸体女孩头上的花
小叶榕一边落叶，一边自新
三角梅披散在铸铁的围栏上
哥好雀暧昧地叫着：“哦～喔～”
像隔壁的姑娘在轻轻叫床
“每个姑娘都是真的
她乳头发硬，两边都湿了……”①
你们一整天都待在床上
你割了包皮的阴茎闪闪发亮
像肿大的块茎塞进她的体内
这是一种有希望的生活吧?
和心爱者在触碰中交换新鲜的体液
仿佛每一次都是第一次，在触碰中
一个世界诞生、厌弃与背离
愿这欢娱常在，迷失常存
我知道我过不了那种生活
只是在偶尔出神的时刻与你同在。

---

① 引自加里·斯奈德诗句。

当一个女人决定和一个男人睡觉时：致马尔克斯

两个人真的需要脱掉衣服，才能够
相爱吗？你一边拥着她，一边轻轻
解下她最后一件内衣。她双手环护
小小的平胸，内心的疑惑瞬间瓦解
来此之前，她大概有过不少犹疑吧
是怎样的勇气，使她跨出了第一步？
她有家庭，有孩子，关键是，有上帝
她满怀着渴望、罪孽与恐惧来见你
像淡水鱼一步步走向大海，像雪花
扑向一扇温暖的窗户，爱在触碰中闪烁
如你所言，当一个女人决定和一个男人
睡觉时，就没有她越不过的围墙
也没有能管得住她的上帝[①]
整整一天，你们都待在床上
尽可能将对方的肉体当作一件礼物
接受下来，也许有那么一个时刻
你们是真心相爱的，并被神所祝福
但在余下的时间里，悔意却像滴蜡
静静滴落在你们的性器上，凝结成
永恒的伤疤。

---

① 摘自马尔克斯《霍乱时期的爱情》。

嫉妒：致萨特

“我操你。只操你。”他在床上发誓
今生只操她，只进出她一个人的阴道
以上帝之名，他们称之为男女之爱
上帝创设了禁忌，就像为爱穿上新衣
当她在另一个男人面前脱光，爱在嫉妒中
复活——但你不同，你修改了上帝的规则
你爱这个女人，并同意她拥有一对自由的
乳房，拥有完美的书桌，和一张独立的床
当做完这一切，你在透明的空气里看到
她骑上另一个男人的身体（但她爱你）
她在床上说着相似的情话（但她爱你）
她爱上了一个更年轻的女孩（但她爱你）
是的她一生都爱着你，你也爱她，这是真的
——你们的爱没有什么新意，新的禁忌中
升起古老的妒意。

放下不朽吧，卡尔：致马克思

卡尔，我已经完全没有力气了[①]
我先走，你继续寻找不朽的道路
你的穷弟兄们还在等着你的主义
而我知道不朽就在那必死之中
你没有认真设想过死后的生活吗
那会是一个全新的你了，前世的
一切已经清空，那爱你的人
将会爱上别人，而恨你的人
却依然在恨着你。恨是多么可怕啊
而我们一直都在用爱教给别人恨
我们一直都没有逃脱爱与恨的辩证法
这充满过错的生活该用什么来纠正？
放下不朽吧，卡尔，将不朽送还上帝
让我们在一个最卑微的角落重新相遇
卑微决定了不朽的是约伯还是伊里奇
疯狂的是巴枯宁还是摩西
最终得救的是耶稣还是阶级
我是湛蓝的啊，卡尔，我会在一枚松针上
等你，那绿衣的信使正从空中骑来
让大地交还所有的坟墓吧，让生继续。

---

① 燕妮临终前的最后一句话。

波尔多开出的列车

十六岁，刚从西贡回来，乘坐
自波尔多开出的夜车，一家人
都已入睡，只有她还醒着，以及
那个三十多岁的陌生男人
光脚，穿着殖民地式样的浅色衣裙
聊在西贡的生活，大雨，炎热游廊
闭口不谈中国情人的话题，身体却
没有回避，假装睡着，将那男人的手
勾引到身上来，“他轻轻地把我的腿
分开，摸到下身那个地方，在发抖，
像是要啮咬，再次变得滚烫……”①
夜车开得更快了，车厢的通道一片沉寂
那被稀疏的毛发所包围的性器，像一座
小坟，微微敞开着一扇天堂与地狱之门
她后来倾向于认为，能够激发情欲的写作
也是好的，就像一盘桃子所激发的食欲
真正的天才呼唤的是强奸，犹如召唤死亡
只是过于虚幻，就像那个晚上，他的柔情

---

① 引自杜拉斯《物质生活·波尔多开出的列车》

像一滴蜜蜡，在她的身体上弹奏离别曲

火车停站，车到巴黎，她把眼睛睁开

他的位子空在那里，像没发生过一样。

果实

那个傍晚他们穿着拖鞋从酒店
出来，像情侣那样依偎着散步
他们刚做过爱，还带着激情过后
的慵懒。她倚在他身边，像个温顺
的小妇人，轻轻讲述着不堪的过往
以后还会再见面吗？他没有开口
马路上是三三两两下班回家的行人
分离，在某种意义上是一种丧失
而他正努力从这丧失中获取果实。

爱若干

我们以为这个男人打她、骂她，她再也不会
爱上他了。我们错了。她爱他的拳头，爱他的
伤害。他用她辛苦挣来的钱去抽，去赌，去嫖
她就去挣更多的钱给他。他半夜回来，将她
拉到身下，她便迎合着，像木柴迎向一团火。
他一边狠狠地操她，一边骂她不要脸，她说
她就是个不要脸的骚娘们儿，骂得好极了。
她为他堕胎，第二天接着去工作，因为
她爱他。她必须爱他，我们不知道，如果
不爱他，这个世上，她就再也没有可爱之人了
她爱他，所以绝不能失去他。我们这才明白
她为何会将他一劈两半，一半藏在冰箱里，
一半埋在床底下。

受难天使

每个女人都注定会遇上很多
麻烦事。你看这女孩可爱吗？
嗯，很可爱，那么乖巧、懂事
见到每个人都主动叫一声叔叔
或阿姨，就像个小天使，照见
我们的腌臜与蹉跎。但她也会
遭遇难测的命运，在这个无神
的国度，不是每个女孩都能成为
贝娅特丽丝或抹大拉的玛丽亚
但每个女孩都将成为受难天使
成为所多玛和蛾摩拉的伟大献祭
她说起，有一次，在公交车上
一个老头用手托着丑陋的阴茎
戳她的屁股。很恶心，不是吗？
“不，是怜悯。”

果儿

一群人起哄说“吻一个——”
她就大大方方地坐到她怀里
伸出细细的舌尖。

离开酒吧后，他又遇到了那个
女孩，正蹲在街角撒尿，长长的
尿迹，让美拥有了某种形状。

从那滩尿液，他看到一个少女的
全部纯洁性，以及，那么骄傲的
女孩，也蹲着撒尿。

鞭打

在一片地狱的光景前，他看到
巴尔丢斯在画一个少女的阴唇
那确乎是一种神圣的祭仪吗？
还是一种可怕的美已经诞生？
他想起一生中头皮发麻的快意
他为她褪去那件略显肥大的
蕾丝内衣，轻轻分开她的双腿
啊，闪光的阴唇，伟大的地狱乐园
他用龟头濡湿了她的阴唇，坚决
而迟缓地推进去——她发出一阵
沉重而持久的叹息，很甜蜜，久久
不能散去。这是在地狱的第几圈？
需要多少叹息才能换回一声祈祷？
上帝啊，快请给这垂死的人一副
母马的嚼子，快给他一根自尽的马鞭！

布考迷

我喜欢他赤裸裸地写
诗，粗鲁地做爱
遇到一个女人，就把她
写进诗里，她说
他的诗下流得那么
朴素，有一股浓重的
种马的味道
那么垃圾的
生活，他却过得
精彩之极，让我迷醉的
不仅是这些，当他掀开
一个女人的裙子
就像开启一个
啤酒瓶盖，干脆
利落，一手举着
酒瓶，一手托起
早衰的阴茎，噗嗤
一声插进去
咕咚一声
咽下
最后一口酒

人生的全部高潮

就在这里

满怀着悲伤和

欣喜。

小银莲花

——读周公度《忆少女》

在色情中，想象力是一种天赋
还是爱的极欲表达？在相互的
交付与索取中，穷尽的概念
能够自明吗？纯洁与色情如何
完美地体现在一个少女身上？
欲望在那灰烬的中心能否再度
燃起爱？这一切都无可言明
当你们拥有彼此的时候，一种
向死的冲动总是超越了爱，就像
有些人通过爱死亡来爱自己。
如此我想象着，那个黄昏，你们
委身于彼此，仇人般地撕扯着
相互馈赠体内的充盈与不满
仿佛一台不断加速的小汽车
你不断地换挡，她在你身下
不停地加速，你们共同驶向
悬崖与深渊，直至在黄昏淡淡
的光线中，她的性器像一朵
小银莲花一样在你眼前绽放
——一种因在白天过分盛开
　　而在夜晚无法合上的花。

交付：致薇依

这个笨拙的天才一生只为
一件事活着：如何完美地死去？
因为生是一种重负和愚蠢
而爱也并不比死亡更强大[①]
但死亡只有一次，需要倍加珍惜
吃是一种暴力，却是生的必要条件
她曾在信中焦灼地问母亲
熏肉该生吃还是煮熟了吃？
为了取消吃，必须通过劳作
消耗自身，让肌肉变成小麦
当小麦用来待客，就变成了
基督的血。性是另一重罪孽
你能想到，她制服里的身体
也是柔软的，但不可触摸
她缺乏与人拥抱的天赋和勇气
在西班牙，当一个醉酒的工人
吻了她，她顿时泪如雨下……
她圣洁，寒简，以饥饿为食
而这一切，都只为，专注地
将自己的一生，交付出去。

---

① 薇依：“要论爱比死亡更强大，是不真实的；死亡更强大。”

辑四

小叙事诗 Ⅱ

大声喊

我听到楼下一个孩子在大声地喊：
爸爸——，爸爸——！
我不知道他喊爸爸干什么
也不知道他爸爸在哪里——没有人
应答，但这呼喊本身就已令我感动
大声喊一个高于自己而又融于自己
的人，就像在喊他的上帝。

一个小女孩

一个小女孩
在母亲的视线里吹泡泡
齐刘海的短发，白裙子，小红鞋
咯咯地笑着，追逐着五彩的泡沫
哦，这美丽的小尤物
将会长成谁的妻子?
那美丽的小嘴唇，是上帝
赐给谁的礼物?

一个小男孩

一个小男孩，像刚出巢的鸟儿
张开胳膊飞向母亲，要母亲抱抱
年轻的母亲，狠狠心，与孩子保持
若即若离的距离，孩子停，她就停
孩子扑过来，她就紧走几步
一定要孩子自己走完那段路程。
就在孩子快要坚持不住时，母亲才
弯下腰来，将孩子抱起。
小男孩满足地伏在母亲的肩头
泪眼中含着得意的笑。

祈祷

我看到一个男人弯下腰来
双手探出像是一种祈祷
他的小女儿张开双臂扑向他
那一刻如果永恒定格
将是一幅多么动人的图画。

老夫妻

一对儿老夫妻，互相不搭理
沿着河边遛来遛去
得有多少年的厮磨
才能造就那样的若即若离。

小情侣

公园马路边，一对儿小情侣
女孩儿往东，男孩就站在东
女孩儿往西，男孩就堵住西
女孩儿推他，骂他，他仍然站得笔直
当女孩儿终于累了，笑了
他们才肩并肩，一起往南去。

那就是爱

细雨中，小区窗户的灯光渐次亮起
当他拖着疲惫的身子回到家里
在她无休止的责备声中
享用他的晚餐
并不知道
那就是爱。

亲爱的

窗外栏杆上，一只小麻雀
嘴里叼着一只扭动的菜青虫
来回转着头，寻找它亲爱的。

起雾了

黄昏。

起雾了。

雾中的树真美。

树下的小女孩真美。

小女孩妈妈的烤红薯真美。

雾流动。雾中的红领巾滴着血。

浓痰

他呸地一口
浓痰，啐在一辆崭新的
汽车玻璃上。并非那车
挡了他的道，而是过于碍眼。
那口浓痰，在太阳底下
曲曲折折地
流下来，多么像他六十多年的
人生路，委屈、黏稠、卑贱。

小姐弟

胡同口，遇到一对儿小姐弟
小姐姐漂亮，小弟弟顽皮
弟弟正手持竹竿追着姐姐打
姐姐吓得尖叫着四处躲避
我大喊一声，喝止了弟弟
小姐姐却向我投来恨恨的
目光，然后转身对弟弟说
你接着打吧，然后他们继续
追逐着，尖叫着，跑进胡同里。

杂货店老板的小女儿

杂货店老板的小女儿
刚刚四五岁，已经漂亮得
让人心生爱怜，但她依然没有小伙伴
因为她穷，她脏，她没上幼儿园
她就一个人在小区的花圃里玩
她一个人玩的游戏，就像一群人在玩。

父女

窗外的立交桥上，走着一对儿父女
父亲背着巨大的蛇皮袋，女儿挽着花书包
他们一前一后走在高大的立交桥上
一边走，一边张望，不知该往哪里去
他们大概不知道，人行道其实就在桥下
看着这对儿立交桥上的父女如热锅上的
蚂蚁，我心生悲凉。

小解

我的窗下，曾经是一片荒草地
有一次，一对骑车路过的小男女
突然停下来，女孩儿慌慌张张地
迈过树篱，撩起裙子，在我窗下
小解，男孩站在路边，为她望风
当时正是中午，没有一丝热风
没有一个人影，那一小滩尿迹
孤零零的，仿佛一个天大的秘密。

穿碎花布裙的小女孩

穿碎花布裙的小女孩，独自一人
在小区的单杠上练习双腿倒挂
裙子像一朵花，盛开在阳光下
小小的身子像探出的花蕊——
她一个人玩得那么高兴，她妈妈
却从楼上的窗户里探出头来
招呼她回家。

母女

一对儿母女，女儿已开始发育
母亲风韵犹存，两个人肩并肩
走在胡同里，女儿嘴巴不停地
说啊说，母亲只是偶尔点点头
多么和谐的一对儿啊，有时候
一阵风吹散两人的长发
看上去就像一对儿好姐妹。

舞步

一个清洁工，在空荡荡的
火车站台上，练习华尔兹
嘭嚓嚓，嘭嚓嚓
她双手环抱，一团空气
仿佛真有一个舞伴陪着她。

依靠

雨夹雪之后，雾霾越来越重
临时搭建的窝棚上搭着湿漉漉的苫布
一根白铁皮的烟囱里冒着轻烟
小女孩发梢湿漉漉的，招呼我进了窝棚
她母亲躺在床上，旁边挂着吊瓶
父亲去了工地，还没有回来
她想找个东西让我坐下，转了一圈
搬来一个木桩，用衣袖擦了擦，有些窘
她已会做些简单的家务，勤快又懂事
她那么美丽，却只能生长在这样的地方
他们一家互为希望，互相离不开对方。

送水工

那个送水工来自山东乡下
他最大的骄傲是靠两只手
就能养活乡下的一对儿女
当然他最大的悲苦也在这里
别人靠头脑吃饭，他却只能出卖苦力
他将自己的命运归咎于读书太少
那天真冷，雨水打湿了他的镜片。

优先

一棵老橡树，被从山里挖出来
种在广场的草坪上，四根木桩
支撑着，树干上还挂着营养液
在这个地方，它拥有优先活下
去的权力，却又活得那么艰难。

牡蛎

她离异多年，孤绝冷艳，像雪花
开在干枯枝头。但她中年的欲望
却越来越像一只新鲜牡蛎，仿佛
只有反复蹂躏才能将她重新激活。

谎言

她将谎言重复了两遍：
一遍是为了让我相信，
一遍是为了骗过自己。

爱恨

隔着一堵墙，传来邻居夫妻的
吵闹，女主人在哭，男主人在叫
该有怎样的仇恨，才会有那样的争吵
仿佛积攒了一生的仇恨都在那一刻爆发
仿佛一个就要把另一个立刻吃掉
我突然觉得，这样的夫妻
以后该如何继续生活？他们不会
就此分手吧？第二天
上午，我下楼去倒垃圾，发现他们
正有说有笑地往菜市场走去。

回家

新房的装修接近完工
父子俩忙活了一整个秋季
他们已在城里打拼了多年
打算再干几年就回老家去
“不准备在城里买间房吗？”
“不，家里有新修的楼房
有几排红松，有几畦菜地
有发福的婆娘，和下雨后
新鲜又好闻的空气。”

哭泣

地铁车站，一个女孩，满脸悲戚
两行眼泪突然从眼眶里涌出来
再然后，是越来越多的眼泪
涌出来，涌出来，她努力掩饰着
长发遮脸，只是偶尔抽动一下肩头
注意到我在看她，突然哭得更凶了
仿佛有了某种依靠，仿佛眼泪本身
成了送给陌生人的珍贵礼物。

春服既成

阳光很好，微风拂面，脚步轻松
大街上浮动着一张张愉快的面孔
却没有一个向我投来关注的一瞥
——今天我穿了一件崭新的春服。

提防

它们都提防着我：蜘蛛、蜥蜴、蝴蝶、蚂蚁
我一出现，它们就飞走、爬走、跑走、跳走
其实我并没有恶意。

荒芜

我在一小片荒坡上，相继发现了
车前草、婆婆纳、小蓟、苍耳、鬼针草、地肤、
积雪草
和一窝蚂蚁。

参与

她们玩得那么投入，仿佛我只是
一阵清风拂过。啊，我该怎么做
才能参与她们的游戏?

树活着

一棵树，那么简朴而安静地活着
也生根，也结果，也与四季同调
但那种无欲无求的淡定，就像是
另一种活。人做不到，鸟也做不到
幸运的树可活几千年，而不幸的树
倒也没有什么不幸的感觉。

隐秘

他将她引到家里，她信任着他，依赖
着他，将他看作像哥哥一样的人
他给她糖果，给她图画，偶尔还
塞给她一点钱——直到有一次
他将手伸进她的内衣，用肿胀的手指
抚摸她的阴部，她才在一阵隐秘的
羞耻中，体会到恐惧与快乐的关系。

母爱

你有过独自面对一面镜子时的
惊恐吗？当我在某个夏日的黄昏
站在母亲的镜子前，一只手突然
从镜中伸出来，轻轻捏了我一下。

是真爱

他又老又丑，你以为他不配
得到她的爱，你错了，当她
在他臂弯上轻轻一倚，那种轻柔
如同一只猫在花园的瓦罐里饮水
——她爱上的是某物，是未来
是少量的现在，是真爱。

少女

她在妈妈的叮嘱中走进夜色
其实她已经什么都懂，像一枚
汁液饱满的桃子，她已学会了
最危险的爱，和最安全的性
与男人们周旋，跟喜欢的男孩
上床。但在母亲眼里，她还是
一个纯洁、善良、干净的小女孩
容易上当受骗。她什么都不说
她乐意在母亲的眼中扮演一个
乖孩子的形象——为什么不呢
为了母亲，当然也是为了自己。

黄雀

一个姑娘，站在她的小狗
身旁，看着另一只大狗
愉快地爬上它的后背
既难为情，也有一丝快慰
你站在这姑娘的身后，看着
她可爱的样子，同时也想起
她做爱的样子。

小心

他活得如此精细，如此
小心，每日三餐，餐后
散步，不抽烟，不饮酒
五十而知天命，禁女色……
他小心翼翼的一生，只为了
将自己的肉身平安送达某处。

丰富的善

他衣衫褴褛，腰间垂挂着肮脏的肉
和裸露的生殖器——多棒！一个乞丐
当他在这个世上一无所有，他可以
随意操这个人间。纵然天地不仁
却有一种葱郁而丰富的善呈现——
当他用一根肋骨敲打着土盆，召唤
一只流浪狗前来分享晚餐。

乳

候车室，孩子捧着母亲硕大的
乳房，像捧着一块芳香的面包
嘴里含着小小的乳头——而在
前不久，这对乳房还曾经那样
色情、娇羞，被她着意地掩藏。

拟山居晚景

和尚请我喝茶
我请和尚吃肉

谁愿意用一生换回一个细节

炊烟，晚钟……那打酱油的孩子

在回家的途中给自己买了一颗糖

一种厌倦

网络的海洋看似很大，但在浏览了几个
常去的网站之后，就不知该看什么了
转身下楼，遇到几个老邻居，手里拿着
本地晚报。世界很小，我们能去的地方
其实不多。重新坐回书桌前，灰尘
在三米远的地方飘起，又落下。

胖刺猬

——和吉尔伯特《胖刺猬》

当迎面射来强权的光，并非明智
亦非愚蠢地，它缩起身子，那在
履带碾轧的恐惧中所呈现的信心
正是我们所缺失的。

我错了

主啊，我错了，我不该
怒气冲冲地对待这个世界
毕竟，我不可能既聪明又谦卑
胜过哪怕一片落叶
如果我多微笑一些，我也
并没有失去什么，而如果
我怒气冲冲地对待这个世界
这个世界就会转身
啐我一脸口水。

鸡蛋与石头

如果你始终站在鸡蛋一边
你就会像鸡蛋一样被敲碎
当然如果你选择石头
只要你乖乖地在河滩上待着
不去伤害人，你就始终就是
一块好石头——多少鸡蛋都
烟消云散了，而石头，你瞧瞧
满河滩的石头！它们，是啊
它们始终没有生命，只有命运。

交融

尽管他们在彼此的身上
已抓出了伤痕，但她内心的
声音还是过于轻柔了
她想说的是：你是我的，只是
我的，但她说出口的却是：
操我！我是你的。

辑五

灰发证人（组诗节选）

I

“我请求你们，诗人和作家们，承担起祭师和先知的使命。”

——［俄］索洛维约夫

不朽

那自冬眠的黑森林起飞的双头鹰
旋落，在彼得要塞高耸的塔尖上
一只眼睛朝向黑暗如眼神的波罗的海
一只眼睛盯着长满荨麻的砾石旷野
就让我们从这只鹰眼里观察：谁将不朽？
靠近北极的太阳不朽，高高的
绞刑架不朽，绞刑架下的黑雪不朽
被黑雪掩埋的金蔷薇不朽，头戴
蔷薇花环的少女不朽，少女的羞涩不朽
羞涩如初恋般的诗句不朽——你将不朽！
“普希金是道路，是方向。”[①]世界
如一颗废弃的鸟巢，全部的不朽
就在你的诗行里——针叶林般的良心
当眼泪如一只梨滚落在少女们安静的
脸庞上，安魂曲和欢乐颂同时奏响
一个世纪开始了。

---

① 陀思妥耶夫斯基《在普希金纪念碑揭幕典礼上的演说》。

高墙

“少女跨过了门槛——一道闸门
在她身后沉重地落下……”

——向屠格涅夫的《门槛》致敬

“是什么给了你走进来的勇气？”
“是失踪者留在雪地里的足迹……”
“现在，你是否感到了一丝悔意？”
“不，我安于这自由为我修建的牢狱。”
“这里还有饥饿、死亡、嘲讽、隔绝……”
“我听见夜里有仓鼠啃噬铁栅的声音。”
“墙很高，不会有谁来看望你。”
“你们不可能给所有的鸟戴上镣铐。还有风。”
“没有纸，没有笔，甚至都没有计时器。”
“太阳是我的顺时针，月亮是我的逆时针，
牢狱的内墙是一本旧俄历。”
“知道吗，你外面的朋友们早已星散了。”
“不，他们会在风中重新团聚。”
“但是，再也没有人知道你的消息了。”
“风路过时会告诉树叶。鬼魂会告诉梦。”
“现在，你还想说些什么？”

“我要吃呀，妈妈！给我炖一锅牛肉，
煨一锅羊肉，煮一锅猪头，再熬一两瓶
猪油……我要吃呀，妈妈！”

道路在雪中

请帮我把窗子打开，这倾斜的街道
通向别林斯基的墓地。雪太厚了
容我用最后的咯血回答你的质疑：
春天是一个罗马，但道路在雪中
我们是祈望打倒这场雪，还是等待
春天融化所有的道路？相信春天始终
存在，积雪的黑暗就是我们内心的黑暗
我们在雪地上见到过太多失踪者的足迹
夜真黑，那么多行人，将积雪的街道踩脏
我们必然要经历这泥泞，要以化雪的心情
静静等待，并祈祷，融化我们内心的积雪
透过这扇打开的窗子，我能看到远处的
火车站，两条平行的轨道通往一个方向
平行，但不交叉，时代的扳道工为我们
定制着目标……你听到晚来的钟声了吗
现在，我要走了，那咯血的友人在另一个
世界等我，我们必将相遇如落花和春风。

复活

曾经，我死得多么深沉啊，当我
身穿尖顶风帽的白色殓衣，站在
行刑队前，瞄准的口令下达时
另一个我已经诞生。我嗅着空气里
死亡的味道，才猛然记起
灰椋鸟的鸣叫是多么动听，阳光下
少女们的微笑是一种多么深刻的善
为此我不得不感谢行刑队的恩赐：
装弹药——啊愉快的童年，举枪——
一只在树篱间穿梭的鸟，瞄准——树颠
那高耸的塔尖上闪烁的阳光……要是
能不死该多好，要是生命重新来过该多好！
宽恕吧，痛苦，宽恕吧，眼泪！
我想我就要走了，为什么马蹄声
越来越急！当沙皇的侍卫从流放地
重新带回我的头，像滂沱唤醒一场骤雨
世上的哭声多美啊，我多想哭死在福音里！

忧郁

难过极了，这雪雾。

大片失眠的天空。

车辕上飘摇的风雨灯。

无力感在加剧。

像车站尖顶上的风。

一生只死一次是可耻的。

穷人的肥胖真让人烦恼……

凌晨 5 点不到，他就吩咐车夫套马，带上日记、铅笔和羽毛笔，匆匆离开了庄园。他希望自己的老年能够像印度人一样离开家庭到森林里去，“任何一个有宗教信仰的人到了晚年都想一心一意侍奉上帝，而不是去嬉闹，搬弄是非，打网球。我也一样。”他在出走那天夜里写道：“我的做法与我这种年纪的老人通常的做法一样，即抛弃俗世生活，以便独处，在一处僻静的地方度过一生最后的时日……”他要像一头自由的野兽，为自己寻找一处干净的死亡之地。他逃到奥普京修道院后，因已被革出教门，他怕自己不被接纳。站在修道院院长居室的台阶下，他脱帽伫立，不敢贸然进去，先请人传话：“请您说一声，我是列夫·托尔斯泰，也许我不能进去吧？”院长迎出来，张开双臂说：“我的兄弟！”托尔斯泰扑到院长怀里痛哭失声……

“为什么要按照上帝的要求去生活呢？因为若不这样，最终归于死亡的生命就毫无意义。”

银子

都散了吧，屋檐下的海已结冰
空气中到处是废墟的味道
阿克梅的早晨不会再来临

都散了吧，银器被送进当铺里
“流浪狗”的顾客们正在筹备死期
无名的死者踏响了后楼梯

都散了吧，地理课在加深流亡的边界
鸟儿们在政治的季候里四处迁徙
邻居们的闲话如鸽粪在堆积

都散了吧，回去的道路像死者的围巾
政治之美是我们唯一的教育。必须在死亡中
重新学习活了，真好，死亡还很年轻。

见证

她自私。
她生活无能。
她只会煮土豆。
她是个腼腆的皇后。
她对男人和女人有双重的性欲。
当她还是个少女时，她就拥有完美的性爱了。

她无助。
她失去丈夫。
她失去另一个丈夫。
她就要失去唯一的儿子了。
她开始乞怜于当局，并在监狱门口守候。
当她打开裹着鱼的报纸时，才知道已被时代开除。

她庄严。
她灰发披肩。
她沙哑地朗诵诗篇。
她向远道而来的客人示爱。
她会讲几种不同的死者的语言。
她承认自己曾经很自私，很孤独。

但那又怎样，当她最终将情爱转换成悼亡：
“你能描述今天这个场面吗？”“是的，我可以。”

名声

“您知道吗？一个月后，您将是地球上最有名的人。”

“我知道，但这不会长久。”

“您能承受得住名誉吗？”

“我的神经很正常，我经受过斯大林的集中营。”

“帕斯捷尔纳克没能承受得住名誉。承受名誉，特别是迟来的名誉，这很困难。”

——阿赫玛托娃与索尔仁尼琴的对话

冬季还没走远，风在门缝里舔着火舌
下雪的日子里，记忆是常客
灰发的大师为远来的客人编织肖像

死了这么久，我们的肖像早已破碎
迟来的冠冕却诞生于隐秘的传记
多奇怪，这坏名声仍在四处传扬

壁炉里的火光幻化着一张张死者的脸
小球果在火中炸响，声音里全是速朽的
味道。灰烬是果实，却不能激发爱。

做一个著名的死者——这就是你想要的
结果吗？让热爱影子的人去学习不朽吧
还是哭声更加动听，还是遗忘更加幸运。

叶拉布加

这紊乱的呼告，献给在中亚细亚的沙砾中
赤足哭泣的哀怨美人——玛丽娜，请从那
发疯的马背上，从社论的牢房里，从疯子们
的客厅，从政治的厨房，从飘满落叶的救济站
从在房梁上跳动的绳结里重新归来吧……

“我要一决雌雄把你带走，你要屏住呼吸”。[①]

① 茨维塔耶娃诗句。

拉拉，途中的爱

拉拉，让我在一个颤音上再次呼唤你
从前这声音里有色情，如今全是歉意
当天空的自行车载来身披云朵的你
我的体内在下雨，镜中人为我们撑伞
我知道这雨滴来自你，是你，让记忆
变得泥泞不堪。我们相遇于前世错失
又错失在现世的偶遇。人生就是一场
乱局，爱在纷乱的错失中被死神抱去
但我们这场途中的爱过于炫目，就像
被车灯照亮的人生，眩晕如脱光的性
我们都忘记了车灯后的黑暗，忘记了
那雨中的驾车人随时可以将车灯关闭
拉拉，我说我爱你，我说这话的时候
冬妮娅在哭泣。当那哭声变甜的时候
车灯也就将关闭，爱的错失如雪线般
移至我们的额头——承认吧，我们都
老了，不但回不去了，而且没有前程。

恐惧

一串脚步声在纸页上步步逼近
北风将门窗钉死，大街一副蠢相

胆小的鼠带领着羊群过街
狼群肥胖如北方的大娘

空空的剧场里坐满了死者
静静观看舞台上的无人剧

人声里只有压抑不住的咳嗽
这死寂，被诱惑与被恐吓的

无人，也便挤满了鬼魂……

流亡者的旅行箱

一只破皮箱，铆钉锃亮
静静地立在鹅卵石地上
乌云消散了，大海被刮到了天上
一阵仓皇的飞行之后，空气中
仍有稀薄的纸片，像判决书
飘落在箱盖上。他有些茫然。
想着被祖国踢出来的一夜
仿佛又回到了流放地的村庄
劈上几片木柴，从井里打点水
在烛光下与那些西方的大师倾谈
雪片刮过椴树林，一首诗加深了
母语的黑暗，再黑一点，也就
有了重生的希望，一旦拎起箱子
就像被春天开除的小学生
嘈杂的校园瞬间变得空空荡荡
“现在你是自由的了，”旅行箱说
“我就是你终生的祖国和房子。”
他拎起满箱浓缩的黑，说不清
是什么样的期待在他的内心里
怎样的惊恐在未来的路上，从此
自由的边界大不过一只旅行箱。

II

忏悔者必须将自己推倒重来

有时夜里醒来，你会静静地想一想
那梦中出现的场景，与曾经历过的一切
到底有多少不同。同样的热血，同样的
激昂，同样用三根梁木抵住的思想，风一吹
就有一种鬼哭的交响。那个被割掉
乳头的少女，那个被湖水吞没的男人
还有那些用粪水盛情招待的校长
那些舞在天堂的手在向你召唤
你感觉到了冷，想象这场与亡灵的
摧折，胜算到底有多大。别担心，死亡
只是一道界碑，审判只会发生在内心
一切都还来得及。天若有情，念你
昔年胸有梁木，也许会赐你一道
丰盛的晚餐。而今你老了，一个
武装过的身体终将难以自守
忏悔吧！老东西！
看得见死亡的人，才能得永生。

有多少少女……

我躬身在舞台的一角，看着这道
青春的逆流，涌动在巨大的旗帜下
一束逆袭的光，将一株海棠照亮
一个女孩，绿军装里透着内衣的蓝——

*　*　*

她才十五岁吧，小辫刚刚扎起
刘海上还长着绒毛，小嘴嘟着
小脸绯红，宽皮带扎着小蛮腰
托起两只正在发育的小乳房——

*　*　*

她是个好孩子吧，学校的
好学生，父母的掌中宝
如今她是嫉恶如仇的天使
她是我前世的小冤家——

*　*　*

如果我的女儿还活着，也该有她

这么大了吧，我记得被赶出家门时
她就躲在墙角看着我离去，雨水
打湿了塑料凉鞋里的白袜子——

*　　*　　*

她的两鬓已微微出汗，她的手臂已开始
发麻，如果再不见血，她可能就打算
放弃了吧，我感觉我的头皮就要炸裂
我感觉我的眼前红成一片——

*　　*　　*

哀悼吧，好孩子，带上你和你的小伙伴
你看这世间的坏蛋终于被你们清除干净
海棠如雨，落在我的额头、眼眶和嘴唇上
也有一瓣，飘落在你秀美的肩胛——

*　　*　　*

现在，让我来试着描述一下你的后半生：
乡村公路上背绿书包的办事员（曾被领导骚扰）
城市马路边摆小摊的下岗女工（又被城管欺负）
公园长椅上臃肿而慈祥的外婆（终被亡灵惦记）。

恐怖的邻居

那是一个什么样的人，那是一对怎样的夫妻。
我们被抛进相邻的笼子，命运之中纯属偶然。

见面总是客客气气，“吃了吗？”“吃了。”
过节互相问个平安，“过年好。”“您也好。”

我们的床头对着头，我们的桌椅排并排。
低头不见抬头见，中间是一道集体主义的墙。

我打鼾的时候，他说梦话；他做爱的时候，我正脱衣。
从上帝的角度看，就像两对赤裸的婴儿抵足而眠。

我煮羊头的时候，他在炖狗肉，生活半斤八两。
他副科级的时候，我正要离开，道路各走一边。

我在卫生间唱歌，他一拉水箱，歌声立马停了。
他在隔壁俯首帖耳，我一敲墙，震聋了一只耳朵。

他说话总是闪烁其词，他眼神有些躲躲闪闪。
他猫眼儿微启，以便观察我家又来了什么人。

缘分呐缘分，俗话说远亲不如近邻。有一天我见他深夜出行，身后拖着黑暗的尾巴。

二〇一三年七月十二日

图书在版编目（CIP）数据

危险的中年：朵渔诗选 2013-2015 / 朵渔著．
-- 北京：作家出版社，2018.10

ISBN 978-7-5212-0252-6

Ⅰ.①危… Ⅱ.①朵… Ⅲ.①诗集-中国-当代
Ⅳ.①I227

中国版本图书馆 CIP 数据核字（2018）第 226354 号

危险的中年：朵渔诗选 2013-2015

作　　者： 朵　渔
责任编辑： 李宏伟
装帧设计： 合和工作室
出版发行： 作家出版社
社　　址： 北京农展馆南里 10 号　　**邮　　编：** 100125
电话传真： 86-10-65930756（出版发行部）
86-10-65004079（总编室）
86-10-65015116（邮购部）
E-mail: zuojia@zuojia.net.cn
http: //www.haozuojia.com（作家在线）
印　　刷： 三河市紫恒印装有限公司
成品尺寸： 120×200
字　　数： 67 千
印　　张： 5.375
版　　次： 2018 年 10 月第 1 版
印　　次： 2018 年 10 月第 1 次印刷
ISBN 978-7-5212-0252-6
定　　价： 46.00 元